JN196853

歌集

迷ひ人

吉田久枝

砂子屋書房

*目次

装本・倉本　修

歌集　迷ひ人

モノクロの日々

赤き炭、鉄瓶の湯のたぎる音ゐずまひ正して初茶を点つる

老木になりても健気な枝垂れ梅あるじ顔にて今年も咲きをり

酢漿草（かたばみ）の小（ち）さき黄花に足を止むハートの三つ葉はわが実家（さと）の紋

小布施なるりんご畑の白い花秋のたわわな実り約して

真菰の輪青き匂ひの残れるをゆるりとくぐりて夏越（なごし）の祓（はらへ）

床の間にその書を掛けて三回忌われの知らざる母がまたひとつ

藍のゆかたにキュッと帯しめ駒下駄に日傘をさして猛暑の中へ

いにしへの戦の跡なき衣川稲穂の波間を流れゆくなり

若き日の父母の写真がアルバムの最後のページにひつそりとあり

いつかはと願ひて来たる秋の日の鴫立庵はただにひそまる

ほつこりと炊きあがりたる零余子（むかご）飯笑顔ほころぶ晩秋の宿

二千個の繭を紡ぎて織るといふ技にて成りし紬一反

漆黒の天目茶碗に今落ちしごとき木の葉が鮮明にある

青池はブナの林に静もりて白神の碧き神秘をたたふ

五能線陸奥岩崎に降り立ちて夫が踏みしむ父祖の産土(うぶすな)

『人間失格』書棚に在りしモノクロの日々手繰りつつ斜陽館に来つ

西行桜

麗らかな春のひとひの法金剛院しだれざくらが風に舞ひをり

花と散りにし待賢門院偲ばせて匂ふばかりにさくら散りゆく

黒つばき檀林の庭にひそと咲く小さき寺に幾とせを経て

花の雨君が籠りし法の輪の嵐の山を訪ね来たりぬ

春浅き高雄の宿のしつらへは枝垂桜に木瓜の朱（しゅ）の花

せせらぎの聞こゆる宿に春を食む蕗に筍、こごみに木の芽

境内を掃き清めゐる音のみに栂尾山(とがのをさん)は静寂のなか

いにしへの人ものぼりし石段をわれも踏みしめ神護寺に来つ

楼門をくぐりてくれば桜ばな淡紅ひとつ笑み浮かべをり

西行も訪れたりし神護寺は高尾の山の薄靄のなか

二尊院の庭のさくらの大つぼみ八重に咲くべきそのふくらかさ

はやる心抑へがたくて来しわれを紅米桜迎へてくれぬ

けふこそは西行桜はなやかに咲き出でたるを飽かず仰ぎ見む

武士（もののふ）の剃髪したる鏡石、西行ここに法師となりたり

雨の庭に白川砂はしつとりと左近のさくら楚々と咲きをり

仁和寺の御室桜はほころべど冷たき雨にまたも閉ぢゆく

紫宸殿の庭より見ゆる五重塔若木の間より孤高に聳えて

不二といふ東寺のさくらは天をつき地につくばかりの大枝垂れなり

池の亀首をもたげて何思ふ落花のふたひらみひらを乗せて

紅しだれ雨にしなひて風に舞へど五重塔は唯にたたずむ

小千谷縮

皮むけばつるりと出でくる蚕豆(そらまめ)の青き実食みて立夏を迎ふ

読書するわが傍らにさりげなく君が淹れくるる茶のうまきこと

いさぎよき筆の勢ひに一瞬の風を見るなり桃紅の才(ざえ)

梅雨晴の林を抜けて出でし田に咲き揃ひたる江戸花菖蒲

青芝に紅き捩花咲きのぼる此(こ)はわが母も詠みたる小花

池の端に黄の小顔の河骨(かうほね)が背筋のばしてひとつ開きぬ

鬼蓮は機嫌わるくて葉ばかりが池にのさばり花を隠せる

すれ違ふ浴衣の男女(ふたり)柴又の花火の宵の粋な着こなし

下駄のおと乾きし道に小気味よく小千谷縮で上野の森ゆく

落慶法要

浜離宮芳梅亭に姉と来て迎ふる秋のお薄一碗

「小さな旅」に喜寿なる父が現れてはりある声聞く父の七回忌

水元公園ゆきつつ父が語りゐき此の地にありし田畑のみのりを

最期まで身綺麗なるを望みけむ散髪終へて父は逝きたり

ただ甘き餅にしあれど命日に父の好物「すあま」を食めり

*

小春日に法衣まぶしき落慶法要　袢を着て長兄(あに)も列なる

法螺貝に笙やひちりき、銅鑼の音が冴えわたりゆく深秋の空

讃岐富士

島々が時雨にけぶる瀬戸内海スピード落として大橋わたる

西行が命を賭(と)して訪ひしとふ讃岐松山の津とはいづかた

玉砂利を踏みしむる音ひびくなり静寂(しじま)に在(おは)す崇徳院御陵

白峯より見晴らす海は変はらねどかかる大橋誰(た)が思ひけむ

空海の誕生も見し大楠は大地に根を張る隆々として

空海を見しや西行を見かけしや陽だまりに憩へる亀に問ひてもみたし

幾秋を君の在せし庵（いほ）訪ねむと蜜柑畑をのぼりゆくなり

山里に秋が来たれば木枯しの苦しかりけると詠ひしひとよ

澄む秋の水茎の岡に佇めば平野のかなたに讃岐富士見ゆ

冬日さす

冬日さす東京駅をともに見る長き治療に向かはむ友と

淡々と友の入院知らせくるその娘(こ)の気丈むしろ切なし

百名山登攀めざししわが友よ山々胸に春を待つべし

獅子柚子を湯に浮かべる冬至なり父が遺しし冬のみのりを

マーマレードのほろ苦き甘さ部屋に満つ獅子柚子二つ飴色になり

年新た振り返らずにゆくべしと南蔵院にエイッと鐘つく

元朝もせはしくメジロ飛び交ひて熟れたる柿を啄み尽くせり

畑中の畝のあはひに光りをり太き霜柱初日をあびて

茂林寺の分福茶釜は鎮座して赤城おろしを聞いてゐるらし

春惜しみ

二年目の二時四十六分東北に向かひて夫と黙禱ささぐ

幾千回夫に作りし弁当の最後のひとつ手早くつくる

病む友の便り届きてその文字に勢ひあればひとまず安堵す

使ひなれし万年筆をみがきつつ父のイニシャルそと確かめぬ

はらはらと散りゆく桜これほどに眺むることのかつてありしや

春惜しみ落花踏みゆく掃部山(かもんやま)今年もふるき友らと集ひ

年を経て旧き友らと集ふ時二十歳の頃の我らがそこに

絹莢の筋はかうしてなどと言ひ夫と並ぶ卯月のくりや

わが実家（さと）の見あぐるほどのマロニエの淡紅の花すつと空向く

雨あがりメタセコイアの下闇を風がひんやり吹きぬけてゆく

そのかみの祖父のどぢやう鍋なつかしく「駒形どぜう」の暖簾をくぐる

粟献穀（新嘗祭）

梅雨空に高く幟のはためきて「五穀豊穣」の願ひを掲ぐ

こまやかに耕されたる畑はただ息をひそめて播種の儀を待つ

祓へたまひし畑に白妙の衣（きぬ）まとひ長兄おごそかに鍬を入れたり

目に映ゆる白衣（しろきぬ）に朱のたすきかけ義姉（あね）は軽やかに粟の種まく

播かれたる粟の種より健やかに苗よ育てよ瑞雨を受けて

土用三郎快晴ならば豊年と聞きしがまさに晴れわたるかな

緑児のごと初々しきさみどりの苗ぞ心して守られゆかむ

盆に入りわが肩ほども粟は伸び黄緑の穂のふくらかとなる

縄文の人も食せし穀といふかくも長きを存(なが)へし粟

ゐのころ草風の向くまま穂をゆらす野に自在なる粟の原種よ

抜穂祭（ぬいぼさい）むかへし朝のさやけさに粟は黄金の頭（かうべ）を垂るる

秋天に祝詞奏上ひびきゆく抜穂の儀なりここに始まる

紅白の水引まぶしき鎌をもて長兄はすばやく粟の穂を刈る

祭壇のまなかに粟の穂を捧げ恭(うやうや)しきよ儀式なるもの

儀がすめば和やかな座に幼子ら重き穂かかへ三世代そろふ

青々と空も嘉(よみ)せし畑はいま人影もなく秋あかねとぶ

たつぷりと秋の陽あびて白萩は我関せずと庭に咲き垂るる

いつからと問ふこともなく屋敷には稲荷祠の古りてゆくなり

眷族(けんぞく)の慈しみ脈々と継ぎて来し慣(なら)はし尊(たふと)わが産土(うぶすな)よ

脱穀せし粟を掬へば黄金色の小さき粒が手よりこぼるる

皇居にて新嘗祭献穀献納式

小雨ふる秋のひと日に長兄夫婦とどこほりなく粟献納す

穏やかな午後の陽だまり石蕗の花はまぶしき金を掲ぐる

明治神宮に粟献納

秋日さす満天星紅葉（どうだんもみぢ）あかあかとまろく照り映え献穀祝ふ

淡紅のつぼみ開きて山茶花の楚々たる白が冬を告げをり

伊勢神宮に粟献納

ゆくりなく遷宮の年に巡り合ひ献穀するをわれも祝ひぬ

瑠璃の花

広庭に母が並べて干す梅のにほひは遠き土用の記憶

のびらかな夏草のあを涼し気に夜来の雨のあがりし朝（あした）

触れたらばこはれさうなる黄のアサザおのがひと日をひたむきに咲く

生ひ茂るオヒシバわけて伸びたちし露草が瑠璃の花をひらけり

しなやかに垂れたる枝に粒そろへ小紫の実は色を濃くする

桜木のほそき枝葉のサヤサヤと初秋(はつあき)の風はだにふれゆく

蓮池の花も終はりし寂しさに夕べの散歩の足を止めたり

母なき庭に

憶良が詠みし七種(ななくさ)の花訪ぬれば高き雲より秋蟬きこゆ

黄の小花は傘ひろげたる女郎花澄みわたる空へ高々と伸ぶ

巨体なるパンパスグラスの白き穂がユサユサ揺れてまねくごとしも

萩寺をおほふばかりにたをたをと白萩紅萩咲き乱れたり

澄む秋に青紫のいろ冴えて多宝寺には桔梗(きちかう)ならぶ

アサギマダラの訪なひ待つや藤袴レッドリストの花なりといふ

ローカル線の美術館駅に降りたてば若冲目当ての人のあふるる

鮮やかな生きものつどふ若冲の画はふくしまの子らの心に染むべし

四辻を曲がれば見ゆる皇帝ダリア母なき庭にわれを待ちゐる

ダライ・ラマの講演聞きて出でくれば銀杏黄葉(もみぢ)がほんのり照りぬ

伊勢参り

倭姫命が御裳をすすぎたる五十鈴川なほ清らに流る

いにしへの歌びとの詠みし神路山宇治橋わたりてしばし仰ぎぬ

川縁のひだまりに来て鶺鴒は長き尾を振りせはしく遊ぶ

勾玉池（まがたまいけ）に浮きつ潜りつカイツブリ思はぬところに浮きあがりくる

垣外（かいと）より見あぐる千木（ちぎ）の輝きて遷宮すみし常若の宮

茅葺きの屋根は苔生ひふるぶるし二十年(はたとせ)過ぎし宮なればこそ

遷御の儀に四度(よたび)参列せしドナルド・キーン日本を愛し日本を憂ふ

瑠璃鶲

大つもごりに縄解かれしもつかの間にしばられ地蔵縄に埋(うづ)もる

初日あびいまだ浮寝の鴨のむれ波にゆらゆら身をまかせをり

お焚上げにも賽銭箱が出してある初詣でに来る人らも減りて

帝釈天詣づる人波多ければ瑞龍の松愛づるひまなし

裸木のメタセコイアの間(あひ)に見ゆ太極拳のゆるやかな舞ひ

枯色の朝の川辺に瑠璃鶲あれといふ間に飛び立ちてゆく

かうばしき匂ひひろごる雑煮椀長兄より賜ひし祝ひの粟餅

蠟梅の甘き香はして庭の枝手折り活けたる母しのばるる

雪の朝ランドセルの子が残しゆく小（ち）さき足跡たちまちに消ゆ

ひさかたの雪の残れる参道に聞きなれぬ言葉とびかふ浅草寺

紬織のおくゆかしさは染めの色山野に茂る草木のひみつ

三角草の小さき白が土を割り枯葉を押しあげひつそりと咲く

八重の衣

家々に自慢の雛が並びゐる昔城下の真壁に来たり

幾世経し八重の衣の古ぶれど白きままなり雛(ひひな)の顔は

雛祭のちらしに添ふる潮汁花のごとくに蛤ひらく

年ごとに雛を飾りて慈しみし姪はもうすぐ花嫁となる

木蓮はやさしき白を開きをりまだ寒き三月鎮魂の空へ

そここに蓬は生ひて幼な日の母の草餅しみじみ恋し

白蝶の舞ひ降りしかと道の辺に辛夷のひとひらやはらかな白

江戸通り辛夷の花の真盛るを見捨てて人みな桜に向かふ

間遠の汽笛

汽笛ならしS字カーブを走りゆく単行列車にさくら舞ひ散る

晩春の渓谷に来て聞いてゐる山のうぐひす間遠の汽笛

神戸(がうど)駅の花桃風にゆれながらトロッコ列車が来るを待つらし

水碧く澄みて光れる渡良瀬川白き岩間に春の陽あふる

コンクリートのすき間に出でてタンポポはひかり受けむと斜めに伸びる

雑木林にキンラン、ギンラン咲きをれば腰を屈めて覗きこみたり

ウシガヘル睡蓮の池に目覚めしか初声ひびく明日は立夏

燕がすいつと入りゆく車庫のなか布をかぶりてクラウン眠る

うすものの金平糖のかたちして雨にぬれゐるカルミアの蕾

代掻き馬

みすずかる信濃の里にはるばると来たりてまづはそばを食ふなり

恩師に会へば即ちわれは十五なり新卒の師の姿ありあり

姨捨の里の棚田の水鏡ただひつそりと空をうつせり

残雪の白馬岳に顕れし代掻き馬の天翔る見ゆ

姫川源流たづねて朝の森ゆくにひよいと現れリスが振り向く

ゆらゆらと梅花藻(ばいかも)ゆらす湧水の流れはやがて姫川となる

ミツガシハ咲く湿原に園児らは熊鈴ひびかせ五月を歩く

山裾に人声のしてさみどりの苗すがすがしく植ゑられてゆく

遥かなる白馬三山の残雪が代田に映る信濃の夏日

喝采のごとき蟬しぐれ

「来客に笑み振りまく子雛の前」と母が詠みし姪けふ嫁ぎゆく

式に向かふ朝の電車にゆられつつ母の形見の指輪を見つむ

われにはゆるき指輪に思ふ母の手の節太の指かたちよき爪

柞葉(ははそば)のははよ願はくはもう一度声聞かせてと祈りし日もある

地下鉄の長きエスカレーター昇りくれば真青の空に夏雲が照る

喝采のごとき蟬しぐれに迎へられ白無垢の姪が庭を降り来る

花嫁の父なる長兄の背を見ればわが婚の日のちちが顕ちくる

ちちのみの父が草ひく手を休めむぎわらぼうの顔をあげたり

「また来るね」と言ひたる我に「ああ」とだけ答へし声の聞こゆる気がする

式終へて帰り来たれば花燃ゆる夾竹桃がわれらを迎ふ

木下闇に美しき青舞ひゆくは若き甥ならむ揚羽となりて

涙とは涸れぬものなりと知りたりき二十五歳の甥が逝きし日

今日の日を墓前に告ぐれど蟬の声聞こゆるばかりしみじみ寂し

父母のいましし夏の日は杳くこの夏の佳き日いまぞ暮れゆく

葉見ず花見ず

大鮒をこれぞとばかり嘴にはさみて青鷺バサととび立つ

蒸し暑き梅雨のさなかの蚊にあらず厄介なるはわが眼を飛ぶ蚊

池波正太郎ひいきの店の膳なればしまひはやはり好みの善哉（ぜんざい）

作家が描きし奇妙な河童目をむきてわれらの話聞いてゐるらし

吉右衛門にわが名を呼ばれ面はゆし鬼平の妻とわれは同じ名

二千メートルの峰の眼下に雲なびきわれは束の間雲上人なり

太宰が最期に残しし歌を読む夜にしみじみと聞く谷川の音

荒草の刈りはらはれて顕れし葉見ず花見ず蕊を広げて

春草の「黒き猫」ぢつとわれを見る近寄りがたきまなこ光らせ

秋の暮れこがらし吹きて朝畑にもらひし大根ふろふきにせむ

柿落葉

秋晴れに紅き石榴の実がはぜて酸(す)ゆきかの味今になつかし

胡桃色のさいかちの莢をかしげに反りて捩(ね)ぢれて風を待つらし

朝焼けが映ゆる水面(みなも)に影うかび初鴨きてゐる数羽さびしく

ボール手に走り出でたる豆腐屋のラッパの音も聞こえずなりぬ

さざなみに朝影ゆらし公孫樹は池のほとりに今を輝く

さりげなく木々は色づき秋ふかむメタセコイアにコナラにクヌギ

あの頃がよかつたなどとは言ふまいぞ生家の庭の柿落葉ふむ

静かなる朝のひかりに紅々と桜もみぢはおのが身散らす

秋闌くる

静か夜に眼下はあまねく煌めけり佐世保の街も米軍基地も

訪ね来し「平和の泉」に虹かかり天主堂の鐘が時を告げたり

主なきグラバー邸に存へて蘇鉄はけふも港を見放く

満天星燃ゆる峠の向かうには普賢岳いま穏やかに在る

雲仙の湯が噴き出づる岩間にもみどりの松が生ひてゐるなり

亡き父母が金婚記念に訪ひしといふ熊本城を朝もやに見つ

落ちたぎつ雄滝は遠く音もなく紅葉(もみぢ)の谷にただ落ちつづく

秋闌くる由布院に来て隣国のにぎはふ人らにややとまどひぬ

叱られてをり

思ひ当たることばかりにて「ばかものよ」と茨木のり子に叱られてをり

年の瀬に繰る『五體字類』に亡き母の手擦れのあとの懐かしきかな

寒空に耐へて並びき再開の「かんだやぶそば」ひさびさの味

初春の薄茶に添へる花びらもち姪の門出を祝ひてひとつ

ほつかりとガラス戸ごしに陽を負ひて賀状の束を崩しつつ読む

振袖に華やぐ二十歳(はたち)見てゐればはるかなりわが屈折のはたち

黒々と伸ばせる枝に花芽つけ超然と立つ冬木のさくら

白鳥の郷（さと）

鏡開きカビもヒビ割れも見ずなりてパックを開き汁粉をつくる

ははが揃へてくれし五冊の料理本くたびれながら厨にならぶ

一月の空に耳をすませば屈託なき子どものこゑが風に乗りくる

枯草の園に咲き並ぶ水仙の高きも低きも春は隣りぬ

朝霜に黄の色あはきクロッカス裸木の下でふるへてをりぬ

越冬の白鳥幾許(ここだ)く荒(さ)びし田に啼くこゑとほくひろがるを聞く

北帰の力たくはへたるや稚(をさな)羽の幼鳥見ゆる水鳥のむれ

バサッバサッと翼にはかにうち広げ一羽がたてば三羽追ひゆく

冬天へ翔(かけ)る白鳥見て立てり黒点となり消えてゆくまで

春の妖精

唐突に春日来たりてまた去りぬ陽気といふはかくも気まぐれ

万葉の歌人の恋に思ひはせ小筆はしらす弥生ついたち

満開の「思ひのまま」を取りかこみ亀戸天神鈴なりの絵馬

ゆくりなく母校の前を過（よぎ）るとき個性強かりし師らを憶へり

朝の風まだ冷たきに春を呼ぶ河津桜の紅いぢらしき

初々しき春の妖精木々の間の地に低く咲くかたくりの花

クロゼットの片隅に

列島を桜前線上昇し誰もがどこかで桜に会ふ国

細枝を嘴にくはえて木の洞に四十雀出で入る季(とき)となりたり

仁王尊阿像の股をくぐりゆく踏み潰されぬかと畏れながらに

供出の晷針(きしん)もどらず日時計は虚しく春の陽に向かひをり

七十年経て慰霊せらるる鬼哭の地ペリリュー島を地図で探せり

戦場に遺されしキャパの「ニコンS」ガラスのケースに鎮もりてをり

日本の戦後を撮りしキャパが今あらばこの地の何を撮るらむ

クロゼットの片隅に青きスーツケースが思ひ出つめてふるびてゆきぬ

例えば巴里のカフェ・ドゥマゴにてボーヴォワールを思ひ起こしし日暮れもありぬ

麻の半襟

鎖骨折りたる夫に靴下はかせつつ思ひ出す友の言ひし「いつも」を

疾風（はやて）のごと下草かすめ朝燕メタセコイアの林を抜ける

ガレージの車の祓ひはづされて今年も子燕巣立ちたるらし

煤色に編みし竹籠に可憐なる十字の一輪どくだみの白

バーの椅子にあぐらをかきて含羞をうかぶる姿桜桃忌来る

『桜桃』の切なさゆゑか六月のさくらんばうの甘酸ゆきこと

夏帽子ちちに選べばすずしげに少しく若き父となりにけり

夏至すぎて梅雨の晴れ間の衣がへ麻の半襟いそいそと縫ふ

日盛りをゆく

観覧車ゆつくり上りだんだんと君のうしろに海がひろがる

衝突防止のテープ貼られて水槽のマグロいたまし泣くごとく見ゆ

然（さ）う言へば連れ戻されしペンギンはいかなる思ひに空見てをるか

美猫なる母似の三つ仔顔よせて餌を分け合ふ朝の杜かげ

出盛りの野菜たつぷり用意して夫の作る初ラタトゥイユ

ははの帯きりりと締めて七回忌静けき夏の日盛りをゆく

「一番はビーフストロガノフ」と甥は言ふわれの知らざるわが母の味

「うりずんの雨」

七月の蟬声やぶるシュプレヒコール子を負ふをみな毅然と佇てり

金子兜太の知的野性はおとろへず九十六歳の反骨みごと

剛胆な兜太の筆をかかげあひデモの中にて声をあげにき

沖縄の七十年をしみじみと思ひつつ観る「うりずんの雨」

敗戦の「詔書」読めばいつか見し古き映像がフラッシュバックす

四年経(た)てど帰還かなはぬ人の世に蔵王権現の憤怒は増せり

おほらかな縄文のビーナス懐かしくわれらが始祖の美なりと思ふ

向きあひて

夏果ての池はオニビシはびこりて褐色の面(も)にさざなみもなし

キュルキュルと啼くを見やればカイツブリ晩夏の池にいまだ稚く

向きあひて秋刀魚を食めば口数の次第にへりて鈴虫きこゆ

夏野菜終了の札ゆれてゐて朝の畑にも新涼のかぜ

夏ゆきてなべて萎えたる菜園にひとときは赤き唐辛子かな

雨あがり君と歩けば虫の音と足音だけが響く夜の明け

彼岸きて律儀に咲ける赤きむれ恥ぢらふやうに白き一本

二日つづきの雨があがりて秋日和さをだけ売りが遠くすぎゆく

照れながら一本の胡瓜をくれし姉今年はみごとな大根もちくる

三井の鐘

朝日かげしづけき淡海(あふみ)にかがよひてわが前に黄金(きん)の橋をわたせり

漣は寄するばかりに消ゆるなり風なき湖（うみ）の水際に立てば

十一面観音腰をひねりてなまめかし戦火にあひて煤けたれども

重き綱ひきて撞きたる三井の鐘まなこ閉ぢれば余韻がしみる

夕さりて淡墨色に伊吹山湖(うみ)をへだてて残照に立つ

竹生島に舟寄りゆけば姉が弾く琴のしらべの聞こゆる気がす

竹生島明神ねがひ記しし土器(かはらけ)をえいと投げるや湖中に消ゆる

はるかなる雲居

パリ同時多発テロ犠牲者への哀悼

トリコロールの明かり点せるスカイツリーただ静もりて闇夜にそびゆ

道の辺の銀杏落葉の吹きだまりまばゆきなかに道祖神をり

木の精の舞ひと見えたり晩秋のあかつきの森の太極拳は

はかなくも散りたる紅葉を踏む音の楽しかれどもやがて哀しき

空仰ぎ若く逝きにし甥と姪思ひ出しゐる　はるかなる雲居

過ぎし日はかへらざれども十二月八日は今もジョン・レノン聴く

鷹装束

池の辺に寒さにたへてゐる人らかぎろひの立つ東（ひんがし）仰ぐ

裸木は黒さを増して初茜あかあかあかと空を染めゆく

鷹装束の若きをみなは悠然と初空みあげ鷹を放てり

沿道より垣間見えしは風のごとよぎりてゆける駅伝アンカー

西川寧の筆力あふるる「盤礴(ばんぱく)」の二文字生きもののやうにのびやか

世を捨てし若き義清(のりきよ)に思ひ馳す文字かすれたる伝西行筆

針に糸通さむとして窓に寄る上村松園の「夕暮れ」まねて

惜しみつつ捨つ

あおによし奈良の老舗の布ふきん十年（ととせ）使ひていまなほ元気

朝な夕なわれを映して歳月に傷みしドレッサー惜しみつつ捨つ

舞ひ込みし薄き干し物持ちゆきて共にはづかし風のいたづら

梅咲きて飛ぶ鳥みえぬ雨あがり鶯餅を味はふも春

かすかなる香りを追へば沈丁花垣の端に咲く低き一本(ひともと)

奔放に枝を広げて咲く花のミモザ洋館の塀にあふるる

雛の膳

春暁の空に四十雀、池に鴨、林あるけば鶯のこゑ

池の面に波紋のこしてつと消ゆる鵜の潜水の長きをながむ

雪もよひ気づかぬふりしてすれちがふ思ひがけなく素つぴんの人

路地ゆきて窓越しに見る雛かざり簾（すだれ） 屏風（びやうぶ）の奥にゆかしく

かたくなに口を閉ざせる蛤の開くを待てり雛(ひひな)の膳に

わが町に大学がきてカフェもきてサイン、コサイン聞こえてきたり

足元の科学者の名を追ひながらジグザグ歩む春のキャンパス

向かひ家に若き家族が越してきて古家もにはかに若返りたり

赤児だき女(め)の子二人に語りつつ足取り軽きをみな過ぎゆく

「人はみな水」

さまざまな世代の背中ながめをり桜を散らす雨の日のカフェ

きずのなき重きりんごを選りながら選び残ししものを思へり

檸檬ケーキ味はひながら買ひたての文庫本開く丸善のカフェ

名をつけて水たたたへたる椀ならべ「人はみな水」とオノ・ヨーコは言ふ

消費期限のこり二日に値引きシール貼られしビーフ買ふことにする

ボサノバのリズムにカレーをつくりをり料理に曲をあはせる夫は

山ざくら

桜川たづねきたりて山ざくら見渡せば遠き吉野思はる

水張りし棚田に飽かず鳴ききそふ蛙（かはづ）のこゑに包まれて立つ

桜見むとたどりつきたる高台に匂ひすみれのむらさき濃ゆし

卒園せし曾孫（ひこ）の元気なこゑ聞けずさびしかるらむ泉下のちちはは

明かりえてやはらに見ゆる香色の板谷波山の小ぶりの天目

地震(なゐ)あれど遠きみちのり運ばれてわが卓にのる熊本トマト

憲法のつどひへ独りゆく媼手押し車にしかとつかまり

迷ひ人

亡き人の作りし碗に茶を点つる色あひ渋き手捻りの碗

夫を亡くし病みてをれどもしつかりと友はわれらを迎へくれにき

門口に見送りくるる友と娘（こ）をサイドミラーに見る角曲がるまで

知る人のもうをらぬ母校　青葉照るけやきの向かうに古き棟あり

歳月は迷ひ人のごとキャンパスのけやきの下にわれを立たしむ

銀輪をこぎて一気にのぼりたる若き日ありき桜の坂道

書棚の奥に今もある『アデン　アラビア』高二で読みき二十歳（はたち）のニザン

寡黙なる幼なじみが今年また忘れず誕生日のメールをくれぬ

「悲しき雨音」

頸のばし水面みつむる青鷺のかすかにゆれる黒き飾り羽

鮮やかなつつじの間(あひ)に咲きいでしハルジヲンしたたか外来種といふ

裏庭の樹陰に楚々と咲きいでて白きはやかな八重のどくだみ

腹の帯黄（きい）なる雌と白の雄コシアキトンボが愉快に飛べり

ひもすがらギョギョシギョギョシと啼くからにのど赤くせし鳥かヨシキリ

カスケーズの「悲しき雨音」聞こえきて手を休め聴く梅雨入りの朝

泥の田にすつと立ちたる紫の花菖蒲あでやか抜きんでて見ゆ

カモミールティー

涼しげに夫は扇子を使ひゐる我が使ひしお古なれども

梅雨晴れ間ピアスひからせ若きらがきびきび動きて足場組みゆく

銀座線ゆれる車内に立ちしまま器用にまつげをつけゐるをとめ

梅雨ぐもり銀座通りはどんよりと往き交ふ人も生気なく見ゆ

交差点のカフェより見ればスーツケース引きつつ街を撮りゆくがあり

たつぷりのカモミールティーに潤されきのふ届きし歌集読みゆく

蛇の目松

藍色の濃き紫陽花をのぞかせて庭仕事怠らぬこの家の主人(あるじ)

母の句にありて知りたる蛇の目松なほいきいきと雨にぬれをり

しとしとと降り続く雨あぢさゐの四片(よひら)の青をつたひ落ちゆく

子燕の三羽が巣よりはみ出すをそつと覗きて通り過ぎたり

大雨の予報はづれて日没をたしかめてをり夏至の黄昏

甘酢ゆき香をただよはせ今年また夫が杏のジャムを煮てゐる

慰霊の日少女(こ)が読みあぐる詩のやうに平和願ひて蟬のこゑ聞かむ

猛暑日のゆふべ一本(ひともと)の立葵姿勢くづさず花咲かせをり

熱き夏の日

リオ五輪競泳決勝がラジオよりかすかに聞こゆ早朝のベンチ

ラケットを握る手に一閃きらめきてジェルネイル見ゆ五輪卓球

長崎の「黒こげの少年」判明す五輪わきたつ熱き夏の日

七十一年経しモノクロの少年に刹那たましひの還り来にけむ

台風に抗ふやうに蟬時雨まどろむ時などあらぬごとくに

扇風機のリボンがゆれてペパーミントの香り漂ふ真夏のリビング

実家(さと)の盆青竹割りて水に流すさうめん食めば夕べ涼しき

碑（いしぶみ）はなほ美しく

ゆつたりと朝刊開き連載の虚構の中へ入りゆく瞬間（とき）よ

わが日々に余韻のこして連載はせつなき予感はや抱かせをり

虚構（フィクション）の世界なれども結末のつづきはわれが胸奥に書く

朽ちかけし榎を背にし上野（かうづけ）の民のごとくに多胡碑に対（むか）ふ

守られて千三百年を耐へきたる碑（いしぶみ）はなほ美しく在り

薄暗き苔生す木々の間(あはひ)にも季節はうつり彼岸花咲く

歳を重ねて

窓あけて月を眺むる秋の夜の風にのりくるボーイソプラノ

鬼龍子の目にも映らむ金色の湯島の銀杏かろやかに舞ふ

音たてて銀杏落葉を踏みゆけば冬の気配はすぐそこにあり

石巻の土のつきたる冬野菜旧き友よりどさつと届く

届きたる重き白菜つつみゐし「河北新報」師走の一日(ひとひ)

お向かひに灯りが見えてあつあつの大根(だいこ)含め煮いそぎもちゆく

逆光に浮かぶ姿にはつとする杖つく長兄を父と思ひて

頑固なれど時に茶目つ気スクリーンの笠智衆にふと父を見き

モリスの柄の母のブラウス褪せもせず歳を重ねて今われに合ふ

陽のあたる師走の紅葉が見ゆるのか義母（はは）の眼差し窓へと向きをり

来る年の義母気に入りのカレンダー巻かれしままに義母を待ちをり

初空見あげ

元朝の静けきなかに耳すます水琴窟の音色きよらか

風のなき真青の空へ凧あげむと必死に走る児等の正月

幾重にも縄に巻かれし地蔵尊の胸に縄かけわれも締めたり

山積みの洗濯物も捨ておいて終日（ひねもす）のどかに元日すごす

冬日さす池の面にちさき水皺たてぷくりと潜るカイツブリ二羽

初空見あげ「この世界の片隅に」戦火におびゆる子らを想ひつ

仕事初めに大賑はひの日本橋並び買ひくる「うさぎや」最中

短歌雑誌一冊置くはわがためと角の本屋に今月もゆく

睦月の空が西からたちまちかき曇り風花舞ふをしばし見てゐき

黒き雲北にたれこめ上越は予報通りに大雪降るらむ

賀状じまひ

わが家を二度設計してくれし友が賀状じまひと報せを寄こす

報せには写真も添へて奈良の地を終の住処に決めたりとあり

現代建築手がけし友が朝な夕な眺むるといふ薬師寺の塔

風邪ひきてこもれるうちに睦月果てブラインドごしに日脚伸びをり

床に臥し途切れし空白うめるごと新聞のたば一気に読みつ

茶を淹るることうまくなり大ぶりの急須が夫の手に馴染みたり

家事分担厭はぬ夫が留守のとき常よりわれは家事にいそしむ

若き日に修業つみたる主人(あるじ)ゐて今日も立ち寄るひなびたベーカリー

亀戸天神

甥の子の初の受験を祈願して絵馬を掛けむと出かけてきたり

絵馬などは縁なきことと思ひしがにはかに心せかれて参る

今年また雅なる名の札さげて梅の古木が花咲かせをり

北風を意にも介さずほころびて辛抱強きしだれ紅梅

遠くからわづかに見えし蠟梅の近づくほどに香りかぐはし

寒風の天神参りに冷えし身に船橋屋なる汁粉熱あつ

習はしは大事なれども節分の豆まき止めぬ諸事情ありて

春立てど余寒きびしき雪の日にメールひかりて十二歳(じふに)は「合格」

合格のお礼まゐりは良き天気柏手(かしはで)の音はづみて聞こゆ

甥の子の通ふらむ学び舎に古びたるわれらが校舎かつてありけり

ずつしりと重きかばんをさげながら素直ならざる少女でありき

窓を震はす冷たき風の吹くゆふべ熱き甘酒に心ほどける

父祖の地

家継ぎて苦労の多き長兄(あに)なれどやうやく絵筆もつ閑(ひま)を得しとふ

大病し予後を養ふ次兄には必ず癒ゆる日来むと祈りつ

経営を修めし甥なるにいつの間に野菜作りを天職とせる

採りたてのブロッコリーゆがき青々と食みてわが身の清々しけれ

東京の片隅にある父祖の地を継ぎたる甥は十五代なり

傾きたる家を救ひし相撲好き祖父が楽しみし栃若時代

外出（そとで）には中折れ帽子をかぶりゐし律儀なる祖父を記憶のなかに

春愁

凛凛と二月のひかりあふれたりゆきずりに見る白梅まぶし

陽だまりに早咲き桜が風にゆれデイケアセンターの庭やはらげり

ぎごちなさ次第にとれて歌会の友らとすする温かきそば

歌一首白紙にもどし消しゴムのかすをはらひて息を抜きたり

しんとせる階下にふたつ夫の咳小さき家に聞こえてさびし

ひんぱんに穴開く夫の靴下を夜鍋仕事にかがりてをりぬ

夜半すぎ目覚めてうかぶ言の葉が脈絡もなく飛びかひてをり

再びの眠りに入らむと思ふうちコトリと音してとどく朝刊

春愁のふかき黄昏　川沿ひに灯るごとくに菜の花咲けり

旧き友ら

友の夫の一周忌間近になりたれば明るき色の花をおくらむ

池の辺に枝垂れ柳のそよぎゐてさみどりひとつ春あさき朝

朝まだき薄靄のこる公園に音して清掃車のブルーあらはる

同期会開かむと集ふ旧き友ら息災なるを互みによろこぶ

同窓の名簿を見れど年月に友の面輪もおぼろとなりぬ

久々の電話の声にからからと笑ひゐし友の顔うかびくる

からうじて名のみ記せる返信に友の病の重きを知りぬ

桜土手ゆきしよ

渋谷駅前スクランブルの雑踏をスマホに撮りゐる外国のひと

さまざまな国の人たちと次々にカメラにおさまる忠犬ハチ公

サルトルもボーヴォワールも過去の人仏映画観て過(よぎ)りたり

透きとほる声ひびかせて四十雀が桜木の枝に朝を啼きゐる

桜木の間(あはひ)に生ふる若き葉になみだのごとく落ちゆく花びら

ケアホームの車にゆられ満開の桜土手ゆきしよ在りし日の母

母は句に、われは歌にとさくら花めで詠みたきに母よわが母

金沢は桜の候を迎へしと筆まめな友より恙なき便り

ごつごつと太き指（おゆび）はＤＮＡ父より受け継ぎしわれの両の手

初夏（はつなつ）の風

義姉（あね）がくれし蕗と筍たのしみて味はひつくせば五月となりぬ

角ぐみし葦もたちまち青々と水辺に伸びゐてヨシキリが啼く

池の端の鯉のぼり高くひるがへし初夏（はつなつ）の風は水面（みなも）をはしる

仲見世通り欧米人のカップルの着物姿をほめあふ人の輪

エンジン唸らせ若葉の中をのぼりゆくここは駅伝のけはしき箱根道

誕辰の美術館に来て会ひたるは宙を舞ふシャガールの「誕生日」

なめらかな赤褐色の肌さらし花もつ前の姫沙羅は立つ

緑林の静けきなかに姫沙羅はやがて純白の小花もつらむ

そよぐ風わづかにあれどひそまりて木々は鶯のさへづりを聞く

名の由来知りたればなほゆかしかる熊谷草の花に出会ひき

鯉は跳（をど）りぬ

初物の実家の枝豆ふつくりと甘（うま）きを食みてまづまづの夏

あいさつを交はす仲らひ夏野菜たつぷりくるる朝畑の人

桜木の陰のベンチにゆつたりと翁ら向き合ひ朝将棋さす

菖蒲田の青鷺めがけすれすれに威嚇して飛ぶ四、五羽の尾長

孤立してなすすべもなく青鷺は首をすくめてぢつと耐へをり

よどみたる池の水面（みなも）を突き破りしぶきをあげて鯉は跳（をど）りぬ

空梅雨に土手のあぢさゐ藍の色尽くさず枯るるは口惜しからむ

旱天に朝なさな水遣る人のゐて畑にをさなきレタスがひかる

通勤電車に赤子を抱きし若きパパうまくあやして無事に降りゆく

ルイ・ヴィトンめざし整然と黒づくめの若きら並ぶ雨の青山

初雪草

恩師をかこみ半世紀経て会したる我らはたちまち生徒にもどる

古希近き友らにひよいと顔を出す思春期の頃のあの表情が

同窓の友逝きたるとまたひとつ寂しき欄が名簿にふゆる

日野の蕎麦屋に振子時計のなつかしく折よく午(ひる)の十二を聴けり

小柄なる義母は童女のごとく小(ち)さくなりおのが白寿を知らず逝きたり

幼き甥に左前にてゆかた着せ叱られし夜のとほき盆太鼓

盆の明け父母が別れを告ぐるごと初雪草が庭になびける

愛(め)でくれし人なればこそ初雪草ちちを慕ひて風にゆれをり

跋

久々湊盈子

吉田久枝さんはひとことで言うと物静かな人である。二〇一〇年に松戸伊勢丹の短歌講座を受講されたのをきっかけとして短歌を積極的に作りはじめ、やがて「合歓」の会員となられた。松戸の講座が終了した後は取手カルチャー教室に参加されるようになったのだが、東京都の葛飾区にお住まいの吉田さんにとって、千葉県を跨いで茨城県の取手まで通うのは江戸川、利根川という大きな河川を二つも渡ってということだから、短歌に寄せるその熱心さのほどがわかるというものだ。講座が終ってからはいつも時間のある人たちで昼食を、ということになるが、仲間たちの賑やかなおしゃべりが続くなかでも吉田さんはいつも穏やかに耳を傾け控えめに微笑んでいる。
そういった彼女の人柄は短歌作品に如実に投影されていて、対象となるものごとを冷静に見つめ、慎重に選ばれた言葉で、きちんと描きとるのである。それゆえ、折にはすこし真面目すぎるきらいがあるかな、と思われるくらいに、一首のたたずまいは端正で、品格がある。そこには、短歌の基礎である古典への深い憧憬があり、地道に多くの書を読んで、確実に修練を積んでいる不断の姿勢が見てとれるのだ。

赤き炭、鉄瓶の湯のたぎる音ゐずまひ正して初茶を点つる
酢漿草(かたばみ)の小さき黄花に足を止むハートの三つ葉はわが実家(さと)の紋
ほつこりと炊きあがりたる零余子(むかご)飯笑顔ほころぶ晩秋の宿
五能線陸奥岩崎に降り立ちて夫が踏みしむ父祖の産土(うぶすな)
『人間失格』書棚に在りしモノクロの日々手繰りつつ斜陽館に来つ

巻頭近くの歌をいくつか引いてみたが、まず、こういった語彙の斡旋からも、作者のこころざすところがうかがえるだろう。一首目は巻頭に置くにまことにふさわしい歌であって、正月の初釜の場面である。しんとした茶室に炭がおこり、鉄瓶に湯がしゅんしゅん湧いている。おそらく、作者はきちんと和服を着て背筋を伸ばし、心静かにお点前をされているのだ。がさつに生きているわたしはもうそれだけで感服してしまう。二首目、酢漿草は五大紋のひとつに数えられるが、戦国時代の長曾我部氏や酒井氏が家紋としたことで知られる由緒ある紋所である。剣酢漿草や丸に酢漿草などさまざまあるが、ハートの三つ葉という把握によってぐっと親しいものに思われる。本集には後述するように、こういった父祖からの血につながる家、親、きょうだい、さらには郷土などへの心寄せが多く詠われている。

三首目の零余子飯はあたたかく懐かしく、四首目では「五能線陸奥岩崎」という地名が効果的だ。夫とともに帰省したのだろうか。主観語を用いず、体言止めにしたことで、かえって父祖の産土への夫の限りない懐旧の念が感じられる歌になっている。五首目、青春というものは、もちろん、若さに溢れた輝かしいものではあるが、反面、将来への漠然とした不安や焦燥感に満ちた日々でもある。作者は太宰を読んでいた自らの青春をモノクロだったという。迷いの多い日々だったのだろうか。太宰の歌はその後も本集に幾つも見られるが、そういった潜在的な思いが本集のタイトルを引き出したのかもしれない。

幾千回夫に作りし弁当の最後のひとつ手早くつくる
絹莢の筋はかうしてなどと言ひ夫と並ぶ卯月のくりや
観覧車ゆつくり上りだんだんと君のうしろに海がひろがる
出盛りの野菜たつぷり用意して夫の作る初ラタトゥイユ
雨あがり君と歩けば虫の音と足音だけが響く夜の明け
ボサノバのリズムにカレーをつくりをり料理に曲をあはせる夫は
しんとせる階下にふたつ夫の咳小さき家に聞こえてさびし

吉田さんはプライベートなことはあまり語らない人だから、その作品から勝手に想像するしかないのだが、たぶん、同い年くらいの夫との二人暮らし、夫が本集の期間にリタイアされたのだろう。一首目では結婚以来、毎朝作り続けてきた弁当を最後の出勤日にもいつも通りに手早く作る、という。そこにはたぶん、感傷的になっているだろう夫に、ことさら特別な感情を見せないでおこうという妻のさりげない心配りが込められている。その後、二首目の絹莢の歌にはじまり、ラタトゥユからカレーまで、夫は妻の薫陶よろしく料理にいそしむようになられたらしい。三首目では観覧車の背景の海の広がりが歌われているようでありながら、自由人となった夫のこれからの人生時間への肯定が感じられて好ましく思った。それにしてもこういった日々の形態は変わりないのだが、歳月は容赦なく過ぎてゆく。しんと物音のない家にときおり夫の咳が聞こえるという七首目。二人でいてもさびしいことがある。それは潜在的にいつの日か、必ずどちらかがいなくなるのだという避けることのできない現実を感じさせるからだ。階下にいる夫の気配がふっと遠くなるようなさびしさ。そういったことに気がつくのも歌人としての繊細さゆえであろうか。

わが実家(さと)の見あぐるほどのマロニエの淡紅の花すつと空向く
獅子柚子を湯に浮かべる冬至なり父が遺しし冬のみのりを
祓へたまひし畑に白妙の衣(きぬ)まとひ長兄おごそかに鍬を入れたり
かうばしき匂ひひろごる雑煮椀長兄より賜ひし祝ひの粟餅
われにはゆるき指輪に思ふ母の手の節太の指かたちよき爪
空仰ぎ若く逝きにし甥と姪思ひ出しゐる　はるかなる雲居
大病し予後を養ふ次兄には必ず癒ゆる日来むと祈りつ
外出(そとで)には中折れ帽子をかぶりゐし律儀なる祖父を記憶のなかに

吉田さんの歌にはしばしば、もう亡くなられた祖父や両親、きょうだい、甥や姪などが登場する。なかでも三首目、四首目に代表される新嘗祭における長兄夫婦の粟献穀の儀は、なかなか体験できない貴重な一連であった。マロニエの大木のあるご実家、みごとな獅子柚子を育てていた父、慈しんでくれた母、早世した甥や姪、他に姉や次兄の歌もある。多くを引くことが出来ず残念だが、それらのすべてに作者の深い敬愛と感謝の念があり、この忙しい現代社会のなかで、ともすれば忘れがちな血縁地縁の大切さを読み手に思い出させてくれるのであった。

吉右衛門にわが名を呼ばれ面はゆし鬼平の妻とわれは同じ名
思ひ当たることばかりにて「ばかものよ」と茨木のり子に叱られてをり
ははが揃へてくれし五冊の料理本くたびれながら厨にならぶ
舞ひ込みし薄き干し物持ちゆきて共にはづかし風のいたづら
消費期限のこり二日に値引きシール貼られしビーフ買ふことにする
家事分担厭はぬ夫が留守のとき常よりわれは家事にいそしむ

ここまで律儀な面ばかりを見てきたようだが、吉田さんの歌にときおり顔を出すちょっと悪戯っぽい愉しい歌をいくつかあげておきたい。一首目はご存知、「鬼平犯科帳」の長谷川平蔵の妻ひさえである。わたしも吉右衛門扮する鬼平の大ファンであるから、「ひさえ」と呼ばれて嬉しくなった作者の気持ちが羨ましいくらいよくわかる。二首目は詩人・茨木のり子の詩の一節「自分の感受性くらい、自分で守れ、ばかものよ」による。佐野洋子とか茨木のり子、若いところでは伊藤比呂美など、女性を叱咤激励してくれるような詩がわたしも好きだが、この作者にしては珍しい一首の意外性をかいたいと思う。四首目、何のことかと思ったが、ご近所から薄い下着でも飛んできたのだろう、と思わずくすりと笑ってしまった。たしかにお届けするのも届けられるのも恥ずかしいものだったにちがいない。六首目、家事は人によって気にするところが違うものだ。夫の出かけた留守に気付かれないように隅々を拭きあげたり草を引いたりし、あとは知らんふりをしておくのだといった作者のお茶目な面がとても可愛いと思うのである。

過ぎし日はかへらざれども十二月八日は今もジョン・レノン聴く
歳月は迷ひ人のごとキャンパスのけやきの下にわれを立たしむ
書棚の奥に今もある『アデン アラビア』高二で読みき二十歳(はたち)のニザン
モリスの柄の母のブラウス褪せもせず歳を重ねて今われに合ふ

吉田さんとわたしはほぼ同世代であるから、青春期に読んだ本や心を惹かれる文学、音楽などに共通したものがある。十二月八日、それはある年代以上の人にとっては真珠湾奇襲の日であり、暗黒の日々の始まりであったが、それはまた、ジョン・レノンという優れたミュージシャンが凶弾に倒れた日として忘れ難い日でもある。「過ぎし日はかへらざれども」といった措辞には、もちろん、自分自身に流れた歳月への哀惜も当然ふくまれていることだろう。二首目はあとがきにも書かれている本集のタイトルともなった歌。いま、ここに立っている自分と、かつての「わたくし」とは、同じ自分でありながら、その事実がふと嘘のような気がすることがあるものだ。タイムスリップして一瞬、過去の自分に戻ったような、時空の迷い人になったような錯覚。ポール・ニザンもしかり。「僕は二十歳だった。それが人生でもっとも美しいときだなんて誰にも言わせない」。この書きだしに痺れた世代でもあったのだ。今でも書棚から取り出せばあの頃の自分と寸分ちがわない感情に戻ってゆくのだろう。

最後の一首。モリスでは一八八三年に発表された「いちご泥棒」という柄が定番で、いちご畑で向き合った二羽のつぐみの絵が世代を越えて長く愛されてきた。母親が大切に着たであろうブラウスはいま取り出してみてもまったく流行おくれといった感じはせず、作者によく似合ったのだという。ここにも作者の普遍的なものへのまなざしがしっかり生きているといえるだろう。

表層的な流行を追わず、身近なところからみずからのいしずえを見つめ直す吉田さんの歌は、ここを原点として今後大きく詩想を拡げてゆくにちがい

ない。どうぞお読みいただいて、作者に温かいご批評をお寄せいただきたい
とお願いして、すこし長くなった跋の筆を擱くこととする。

あとがき

いつの頃からだったか、わたしは自分のなかになにかを表出したいという思いを抱くようになっていた。それは俳句でも短歌でも、あるいは詩でもよかったのかもしれない。そんな時、なにかのきっかけでいちど短歌の通信講座を試したことがあった。しかし半年も経たずに挫折してしまった。それ以来、機会があれば直接短歌の指導を受けてみたいと思っていたところ、松戸のカルチャー教室の案内に短歌講座があるのを偶然見つけ、二〇一〇年四月より現代短歌講座を受講し始めた。それが久々湊盈子先生との出会いであった。

講座での先生は、つねに歯切れよく、問題点を分かりやすく説明してくださり、じぶんの思いをかたちにするための手段をすこしずつ得ることができるようになった。短歌とはどういうものか、言葉の選びかた、表現の仕方などを学ぶことができた。二〇一二年二月、教室は松戸から取手に移り、今年四月で受講歴八年になる。
　ある時期、歌ではなく西行その人の生き方に興味がわき夢中になったことがある。西行ゆかりの地を訪れては歌を詠み、しだいに歌数も増えていった。「合歓」への入会も大きな刺激になった。新人ながらはじめて二十四首詠にもいどみ掲載していただいた。その経験は、わたしにとって大きなはずみとなった。積極的な姿勢にこたえてくれる会にであえたことは幸運だったと思っている。
　歌集名の『迷ひ人』はつぎの一首からとった。

歳月は迷ひ人のごとキャンパスのけやきの下にわれを立たしむ

　ある日、たまたまちかくを通りかかったので懐かしくて母校に寄ってみた。卒業して長い年月が経つ。かつての学びの棟もたしかに見えたが、新しい建物が増え、樹々は大きくゆたかに育ち、もちろん知る人など誰もいない。この欅はかつてあったのだろうか。わたしはふいに過去と現在のあわいのなかで、自分がまるで迷い人になったかのような不安感に襲われてたちつくしてしまった。

だが、この一瞬の不安感はもしかしたらもともと内在しているものだったのかもしれない。そう思いながら、また現実へと自分をとりもどしたのであった。
短歌はわたしの内界と外界を見る目を育ててくれた。それまでは視線を向けていても対象をよくは見ていなかったようなきがする。少しずつではあるが気づかされることが増えた。季節のうつろいや社会事象については、とくに心にとめるようになった。
このたび、およそ七年半の歌四六一首をもって第一歌集を編んだ。作品はほぼ制作順におさめてある。
本集にはおもいのほか両親の歌が多い。母は俳句をたしなんでいたが、残念ながら生前に母の句を読む機会もなく、また短歌講座に通いはじめたときはすでに両親は亡くなっていたので、思い出ばかりを詠うことになってしまった。その意味でも歌集は亡き父と母に捧げたいと思う。最後に、わが短歌へのよき理解者であり協力者でもある夫にこころから感謝の意を表したい。
本歌集の出版に際して、選歌ならびに懇切丁寧な御指導をいただき、さらに跋文まで頂戴した久々湊盈子先生にはこころより御礼を申し上げます。版元の田村雅之様、装丁の倉本修様にご尽力いただきましたこと深く感謝申し上げます。
「合歓」の会のみなさま、そして取手短歌会のみなさまには歌をつくる上でとても励ましをいただきました。ありがとうございました。
わが歌集『迷ひ人』をお読みくださった皆様ありがとうございます。

吉田久枝

二〇一八年一月　蠟梅の香る日に

著者略歴

吉田久枝

一九四九年五月　東京葛飾生まれ
二〇一〇年四月　「久々湊盈子現代短歌講座」入会
二〇一二年七月　「合歓の会」入会

歌集　迷ひ人

二〇一八年四月七日初版発行

著　者　吉田久枝
東京都葛飾区東水元一―一九―六（〒一二五―〇〇三二）

発行者　田村雅之

発行所　砂子屋書房
東京都千代田区内神田三―四―七（〒一〇一―〇〇四七）
電話　〇三―三二五六―四七〇八　振替　〇〇一三〇―二―九七六三一
URL　http://www.sunagoya.com

組　版　はあどわあく

印　刷　長野印刷商工株式会社

製　本　渋谷文泉閣